NDJ0056 來大鯨魚的肚子裡玩吧！

作　　　　者	張瀞仁 Jill
繪　　　　者	南君
主　　　　編	林潔欣
企　　　　劃	倪瑞廷
美 術 設 計	蘇怡方
總　編　輯	梁芳春
董　事　長	趙政岷
出　版　者	時報文化出版企業股份有限公司
	108019 臺北市和平西路 3 段 240 號 3 樓
發 行 專 線	(02)2306-6842
讀者服務專線	0800-231-705・(02)2304-7103
讀者服務傳真	(02)2304-6858
郵　　　　撥	19344724 時報文化出版公司
信　　　　箱	10899 臺北華江橋郵局第 99 信箱
時 報 悅 讀 網	http://www.readingtimes.com.tw
法 律 顧 問	理律法律事務所 陳長文律師、李念祖律師
印　　　　刷	和楹印刷股份有限公司
初 版 一 刷	2020 年 12 月 11 日
初 版 六 刷	2024 年 4 月 24 日
定　　　　價	新臺幣 380 元（缺頁或破損的書，請寄回更換）

ISBN 978-957-13-8477-1
Printed in Taiwan

作者

張瀞仁　Jill Chang

現任美國非營利組織 Give2Asia 家族
慈善主任，過著跨 16 個時區的生活，
幫助亞洲 23 個國家的非營利組織。

著作《安靜是種超能力》在台熱銷 16
刷，仍持續再刷中，並翻譯成英文、
日文、韓文、越南文、俄文等多國文
字出版，創下台灣非文學書籍新章。
在台灣與世界講過 200+ 場演講，但其
實只是個內向的媽媽。

臉書粉專：張瀞仁 Jill Chang
臉書社團：內向者小聚場

繪者

南君

出生於屏東長治，小學時期被一頁頁
精緻的插畫繪本啟發，也看見了未來
志向。

喜歡創作前喝杯黑咖啡，喚起靈魂後，
在一個只有自己的小房間拿起畫筆開
始紙上造夢。堅持手繪的方式，因為
喜歡水彩在畫紙上跳舞的感覺；有時
它還會不受控制，但想保有只有一張
「原稿」的堅持。

臉書粉絲頁：
www.facebook.com/nanjunwhite/

來大鯨魚的
肚子裡玩吧！

— Ellie and the Whale —

作者＿＿張瀞仁 Jill　繪者＿＿南君

在工作中找到屬於自己的幸運

我不是常把夢想掛在嘴邊的人，有一陣子流行的那句「每天是被夢想叫醒，而不是鬧鐘」在我身上從來沒有發生過。每天都是工作跟鬧鐘叫我，很多時候還叫不醒。

對我來說，夢想是除非有奇蹟，不然幾乎沒辦法達成的事；正因為這樣，連發票都十年才中一次的我，跟鹹魚一樣毫無遠大志向。

但我相信，每個人來到這個世界上都有目的，那是上天幫我們安排好、或我們出生前就已經決定的事。也許是要體驗感受、享受刺激、或只是要跟某個人說聲「我愛你」，我們選擇自己的出身，體會活一輩子的感覺，孩子們也是。而工作、成就感、意義感，都是生而為人的可貴之處，因為那是其他物種不會有的體驗和感受。

我很喜歡少年漫畫裡為了目標、燃燒小宇宙那種境界，我喜歡為了自己在意的人、覺得重要的事情，用盡全力。如果可以在工作中找到符合自己價值、願意付出心力的意義，那真的是很幸運的人呢～希望大家都這麼幸福。

特別介紹

艾莉
六歲的小女孩，聽過大鯨魚的故事超過 50 次，還是很喜歡。

試著理解恐懼，找尋屬於你的專長

　　小朋友，你們知道其實長大後，成年人是要工作的嗎？聽起來是不是有一點可怕！！！其實大人一開始也是非常害怕工作的。

　　而工作是什麼？它是你踏入社會的第一步，依自己的專長選擇適合自己的職業，並且能幫助他人。就像故事中因為專長烤麵包，因此成為了一位麵包師傅；因為種出好吃的稻米，因此成為農夫；因為專長音樂演奏，因此成為了大提琴手。

　　而你知道自己的專長是什麼嗎？先別著急也別害怕，問這些問題的大人在你們這個年紀也不知道自己的專長是什麼，但他們尋找專長的方法都是「試」出來的。

　　試著在你有興趣或是拿手的方向摸索尋找；像是在美術課你試著將一張畫紙塗上美麗的配色，而在創作過程中如果帶給你內心滿滿的喜悅，也許你會是一位出色的畫家。像是每當數學老師才剛寫完一個數學題目，而你已經試著在腦子裡運算並解題完成，也許你會是一位出色的經濟學家。

　　請試著對任何事物都充滿好奇心，並且對於未知與恐懼也試著去理解它，而非排斥，有時恐懼只是源自於對它的不了解，說不定這個恐懼才是你在尋找的專長，你只是還沒有機會去理解它，因為你要試過才知道，是吧？！

　　如同故事中突然出現的大鯨魚，而那深不見底的黑洞大嘴，猶如恐懼的化身，稍微不小心，就像會被一口吞掉了，但小艾莉面對恐懼的方式是直接面對他，並且試著理解他，原來恐懼往往沒有這麼可怕呀！他只是需要有人陪他玩耍，如此而已。

　　如果沒有試著理解，恐懼永遠是恐懼，而你也許因此永遠找尋不到屬於你的專長呀！

只要願意改變，小小孩也有改變世界的力量

閱讀推廣人 **林怡辰**

　　帶著瀞仁的新書，踏進一年級的教室，孩子看見封面的大鯨魚，紛紛笑開了嘴，在雪白圖畫紙上，畫下自己獨特的大鯨魚。

　　大鯨魚擾亂了村民平靜的生活，小女孩意外踏進了大鯨魚的肚子，卻發現了別有天地，也帶來村民生活的改變……

　　隨著故事推移，圖畫紙的繽紛越來越多，孩子時而畫畫，時而聽到入神，時而定睛看著書頁上的人物，深入思考。

　　「你們會像艾莉一樣，會為了大鯨魚著想，進到他的肚子裡嗎？」有些孩子果決舉手，有的孩子還在深思，有的孩子搖頭，不管哪個選擇，都是孩子獨特的想法，「老師很好奇，你的原因是什麼呢？」

　　全班一起踏進了鯨魚肚子的奇幻世界，看見工作的意義，讀到了勞逸不均，更看見工作是可以選擇的，你想選擇什麼職業？你想做什麼事和別人互相幫忙？你喜歡什麼事？可以成為哪種工作者？不帶批判、純然開放、真誠欣賞，未來，還有很多工作尚未發明，但先種下一顆種子，思考「工作」和人們的關係，也可以帶進家長的工作，都是親子間重要的討論。

　　「艾莉提出要和大鯨魚溝通，你們覺得她說的有道理嗎？」小一孩子紛紛舉手：「不試看看怎麼知道？」、「我覺得有道理！」、「也許大鯨魚會聽她的話啊！」，和故事裡的村民相比，眼前小一紛紛為艾莉抱不平的發言，真的好珍貴。

　　艾莉在故事裡是一個安安靜靜的小女孩，故事卻因為她的出現、嘗試和大鯨魚有了溝通的契機；也因為她的詢問，讓大家重拾對工作的定義。最後，村民還為她舉辦了生日會。只要願意嘗試、改變，就算小小孩，也有改變世界的力量。

　　讀大班的孩子讀完，問：「為什麼鯨魚肚子有這麼多東西，而且都排得好好的？」我笑了笑：「你問得很好，也許作者有答案，但我更想知道你的想法，也許，你可以寫出超棒的續集呢！」

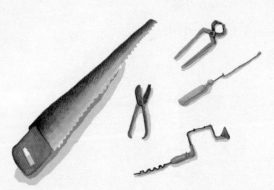

想像力就是你的超能力

四分衛 阿山

　　鯨魚的肚子裡有什麼？我想我永遠都不會知道，只是腦海忽然浮現來自雄獅美術的一句 Slogan「想像力就是你的超能力」這句話，是啊沒錯，沒有想像力怎麼活得下去 XD。

　　最近這五六百多個日子似乎和鯨魚特別有緣，和企業聯賽的鯨華女排一起練排球被這群鯨魚殺得一塌糊塗，和高雄海洋署合作了一首關於鯨魚的歌〈ORCA ORCA〉也和小朋友們一起跳舞，小朋友後來知道這首歌是我寫的之後看我的眼神都不一樣了哈哈！後來又不小心發現了喜歡的導演湯淺政明的動畫《Mind Game 心靈遊戲》，心靈遊戲這部電影裡大家拚命地想要從鯨魚的肚子裡逃出去，而今天遇到的這隻巨大又笑咪咪的鯨魚則是很大方地邀請大家來他的肚子裡玩。

　　全天下為了家中正在長大的小朋友的爸爸媽媽們真的都辛苦了，在忙碌的工作支撐住忙碌的生活當中還要面對好多的人情世故並獨自感受。我的兩個小朋友現在已經超過愛聽床邊故事的年紀了，但我經常回想起和他們一起閱讀好多有故事有畫面的書。

　　當然我們不是艾莉走不進鯨魚的肚子裡，但真的可以問問看他們眼裡的鯨魚和工作是什麼？他們真的都知道而且回答絕對會出乎意料。

你好。你自己可以先好起來的。

創意人 盧建彰

　　我是冬天五點半起來寫推薦的，我很稀奇，Jill 可能是日常。我是一遇見人就要好好聊天的，我很慣性，Jill 可能是努力。我是能躺就不坐、能坐就不站，我很「懶挪」，Jill 可能是自在。

　　我不喜歡工作，但工作都會自己找上我，我就試著把工作變成玩具，變成我想做的事，變成我解決問題的夥伴。最理想的狀態是，把自己喜歡做的事變成工作，好去做掉自己不喜歡的社會問題。

　　噢，我的那個理想狀態，就是 Jill 的工作狀態。

　　我喜歡這繪本，不單因為畫風特別，很吸引人，更因為說的故事很實際，讓人可以好好地檢視自身的位置，從而思考自己面對工作的態度，還有面對比自己巨大的題目時，選擇的姿態。請注意，我說的是「讓人」，而不是「讓孩子」喔。

　　以我這幾年，陪伴女兒願讀繪本的經驗，我發現，多數繪本，都不只是給孩子看而已，我深深覺得，這本書每個大人都該彎下腰來，好好地看，並且看進去，看進自己的靈魂深處去。因為，那些看來是要教導孩子的基本道理，根本就是我們作為一個完整的人的基礎，而很抱歉的，我們多數人都需要地基補強，結構導正。

　　說別人不好，說自己比較好，我就是個問題少年變成了問題中年。

　　如同書中，我發現，這世界許多問題，都源於自己人，而且細究之後，還會發現，根本就是自己。自己的恐懼變成了阻力，自己面對工作的態度，讓工作不像個工作，更因此失去了工作的樂趣，更可怕的是，因為組織氣候的關係，你還會影響到別人，讓別人因為不想被佔便宜而一起擺爛，讓人們因為想佔便宜而集體黑心。這樣好嗎？你可以問孩子，更問自己。

　　你好。你自己可以先好起來的。

　　你好！

玩就是工作，工作也能玩，可能發生嗎？

親職溝通作家與講師 **羅怡君**

被貼上無動力世代標籤的孩子們，似乎和我們小時候不太一樣，早熟的他們已經預見長大後的「下場」或許是和父母一樣超時賣力工作，那種對未來的期待想像，在緊盯著螢幕的雙眼間如煙縷般消失。

因為工作，成為長大之後的「功課」；因為工作，成為終身學習的「壓力」。

但有誰探問過，既然大家都那麼討厭，如果都不做會如何呢？

故事裡大鯨魚的肚子意外成為另一個平行時空，大家願意放下原本舊的思維，以「玩」的心態嘗試各種可能，意外創造出「工作」與「玩」的經驗；重新帶著新的經驗連結回到日常生活，村子裡的氛圍也逐漸改變，直到鼓吹偷懶度日的陌生人進入村裡，「工作」背後代表的意義禁得起質疑與挑戰嗎？

回到現實生活中，當今小學生票選最想從事的行業已不再是專業人士，而是各種看似輕鬆又能賺錢的新興行業，面對變化萬千不可預測的未來，我們與孩子討論的職涯方向，又是以什麼為判斷基礎呢？

這個故事從一個直觀又好奇的孩子勇敢走進未知的鯨魚肚開始，暗喻著孩子原本就具有洞悉本質的能力，或許我們應該藉由童真之眼，一起與孩子來趟探索之旅，嘗試體會從事回應「志業」的工作，是多麼愉悅地享受人生。

推薦小語

每次小孩問我「為什麼要上班」時我都會說：「你們生病或受傷到醫院時，醫生叔叔阿姨都會幫助你們對不對？媽媽上班也是一樣哦！因為有病人需要我呀！我是去幫助別人哦！」

這本書跟我想傳達的想法很像，我們努力地工作，都是為了讓世界更美好哦！

—— 急診女醫師其實・版主 **小實醫師**

工作只有為了賺錢？人為什麼要工作？不工作會怎麼樣呢？

當孩子仰起頭問這些問題的時候，可以帶著他一起看看這本書，或許可以獲得解答喔！

—— 職能治療師 **OT 莉莉**

獻給所有爸媽，

為人父母是全世界最偉大的工作了！

在遙遠的地方，有一個很無聊又冷漠的小村子，
裡面的村民每天只顧自己的生活。

有一天，
一隻巨大無比的鯨魚出現在漁村旁的海灣裡。

他的眼睛跟房子一樣大、
輕輕移動身體
就好像可以把整個村子壓垮。

「這隻鯨魚想毀了村莊！」
村民們紛紛三言兩語的大聲討論著。

「他一定想把我們都吃掉！我們完了！」

忽然，一個小小的聲音冒出來說：
「如果⋯⋯我們請鯨魚離開呢？」一直以來都很安靜的小女生艾莉這樣問。

「他可是個怪物！妳叫他走，他就會走嗎？」每個人都覺得不可能。

「請你離開這裡！如果你是因為肚子餓了才來，
我可以把所有的點心都給你，但請你一定要離開！」
艾莉雖然很害怕，但還是鼓起勇氣去跟大鯨魚說。

「我不餓，我是肚子痛，很不舒服！妳可以幫幫我，到我的肚子裡看看是怎麼了嗎？」

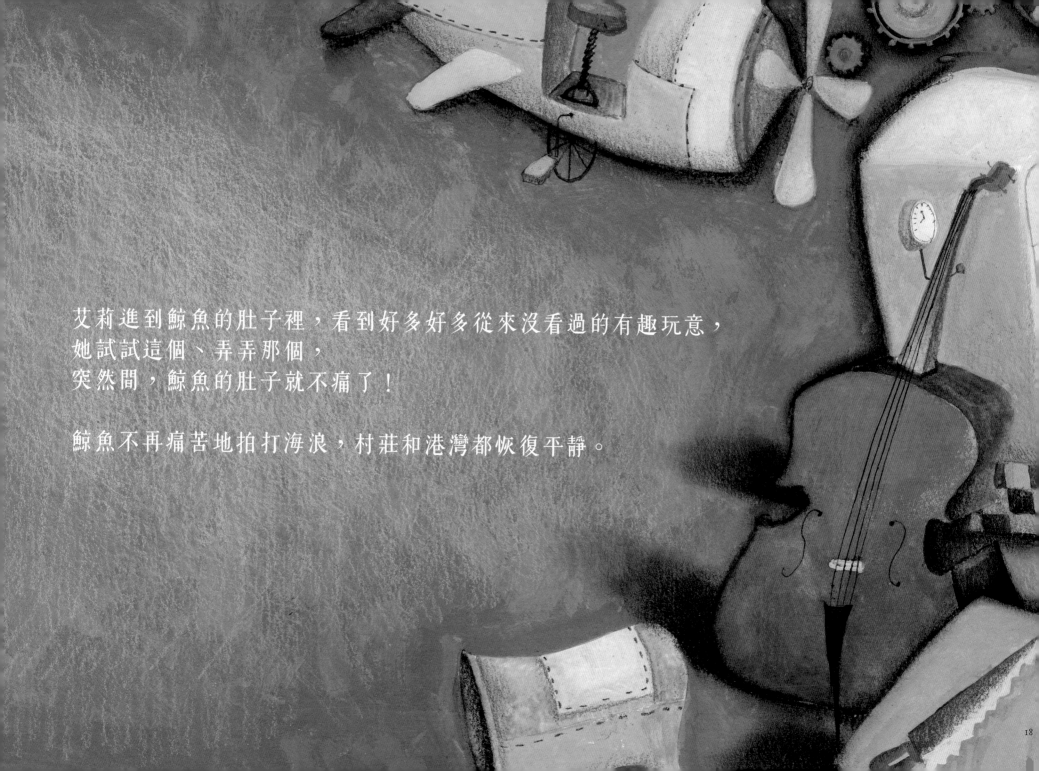

艾莉進到鯨魚的肚子裡，看到好多好多從來沒看過的有趣玩意，
她試試這個、弄弄那個，
突然間，鯨魚的肚子就不痛了！

鯨魚不再痛苦地拍打海浪，村莊和港灣都恢復平靜。

「鯨魚的肚子裡好有趣呀！」
艾莉回到村莊，興奮的跟所有人講了
鯨魚肚子裡的奇妙世界。

村民原本有點懷疑、有點好奇，但還
是決定跟著艾莉到鯨魚肚子看一看。

在鯨魚肚子裡，
大家試著試著，
漸漸找到自己喜歡的事。

「你們看！我種的花開了！」

「有人肚子餓了嗎？
我烤的新鮮麵包出爐啦！」

「壞掉的家具包在我身上，我能讓它變成跟新的一樣！」

「生病很不舒服我知道，
讓我來陪你好嗎？」

25

每天黃昏，村民們帶著完成的作品、愉快地回到村莊。
時常停靠在各個村莊的大鯨魚告訴村民們：「這就是『工作』！」

有一天，一群陌生人到村莊裡，
他們大聲的說：「真是個好村子，有的吃，有的穿！」
「有這些人幫忙，我可以愛睡多久就睡多久，愛吃什麼就吃什麼！」
「對呀！工作這麼辛苦，還有可能會失敗，我才不要做！」

聽著聽著，有些村民開始想：
「對耶，為什麼我每天要去工作呢？睡晚一點多好！」
漸漸的，他們開始不想到鯨魚肚子裡。

沒多久，街上的花枯
萎了，東西壞了也沒
人修理，食物吃光了，
卻沒人想動。

大鯨魚肚子又開始不舒服，
看到大家不想再到他肚子裡，
心裡也很難過。

艾莉不想看到村莊失去希望的樣子，
她問陌生人：「你們怎麼不回自己的村莊呢？」

陌生人支支吾吾地說：
「我們什麼都不會，那裡沒有人工作，
所以村莊又髒又亂，沒辦法住、
沒有東西吃、沒地方睡覺……
還是你們的村子比較舒服！」

「可以和我們一起試試看呀，所有事情都是可以學的。」艾莉說。

村民們也紛紛附和：
「我們一開始都很害怕，但只要互相合作，大家都會幫忙。」
「雖然有時候會失敗，但成功之後很開心喔！」
「做了之後發現不喜歡也沒關係，多試試其他的就好了呀。」

嘗試之後，
陌生人們彼此小聲討論著：
「艾莉說的沒錯！我在大鯨魚
肚子裡交到了很多好朋友。」

「回想起來，工作完畢之後，
我晚上都睡得特別香。」

重新打起精神來的村民和陌生人們決定一起在艾莉生日時舉辦派對，
感謝她的勇敢為村莊帶來改變。

「謝謝艾莉告訴我們工作的美好！」
有人烤了香噴噴的蛋糕、有人調了好喝的飲料、
有人準備漂亮的花、有人演奏悠揚的音樂……，

大家都展現了最棒的自己。

看著恢復活力的村莊，
艾莉開心地許願：
「我希望，大鯨魚永遠、永遠留在
我們的村莊，當我們最好的朋友。」

「當然沒問題！」
大鯨魚開心的說。

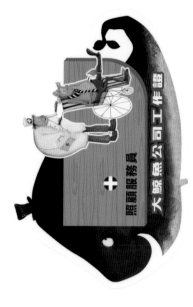

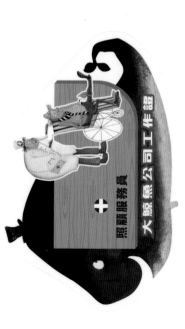

來大鯨魚的
肚子裡玩吧！

— Ellie and the Whale —

親子互動手冊

給家長的一封信：
我們為什麼要上班？

親子互動學習單：
動動腦動動手
親子動手一起畫

「鯨魚工作證」
貼紙使用說明

我們為什麼要上班？

　　事情從我高中同學的臉書 PO 文開始。同學是優秀的外交官，同時也是熱衷共學、三個小孩的媽媽。有天，她出門上班前，小孩吵著「媽媽陪我們玩」；她說「不行啦，我要去上班了」；小孩此時搬出萬能問句：「為什麼！」

　　這是所有爸媽都很難回答的問題，說「去賺錢啊，不然我們就沒錢吃飯」嗎？小孩會不會從小就覺得上班是件無可奈何又討人厭的事；說「上班很開心啊」又太矯情了，大概一秒就被拆穿。

　　有天謬思女神到夢中，我們發想了這個故事。當中除了「為什麼要上班」，還有幾個面向可以和孩子們討論、探索：

　　❶ **工作的意義**：故事一開始，村民只關心自己的生活；後來出現危機（大鯨魚）之後，大家走出家門、開始互相幫忙，有了新型態的生活。工作的本質其實是社會中每個人貢獻自己所長、投入自己興趣，然後互相交換成果。

　　❷ **對快樂的追求**：人生有不同層次的快樂；比較高層次的快樂可能來自鑽研有熱情的事物、在有興趣的事情上經過努力達成目標，或花時間鑽研興趣之後看到的進步。可以鼓勵小朋友多嘗試不同活動，找到興趣。不喜歡怎麼辦呢？也沒關係，再試別的就好了，不斷嘗試也是種毅力的展現呢。[1]

　　❸ **安靜的力量**：主角艾莉是安靜的孩子，卻在重要時刻願意鼓起勇氣（跟大鯨魚談判）、有提出關鍵問題的能力（詢問陌生人村莊的狀況）。可以藉此領導孩子靜下來思考，即使是安靜的孩子也可以有很大的力量。

　　❹ **成長心態**：比起相信命運天註定的定型心態，擁抱成長心態的孩子相信事在人為。艾莉不斷為了村子努力，從一開始保護村子主動走進大鯨魚嘴巴、過程中不斷嘗試改變現狀（說服懷疑的村民、邀請陌生人一起參與、鼓勵對方學習工作技能），可以藉此向孩子說明無論年紀或力量，每個人都有能力做出改變。

---

[1] 參考文獻：〈葉丙成：你為何不教孩子什麼是快樂？〉親子天下雜誌 98 期 (https://reurl.cc/R174r9)

動動腦、動動手

❶ 和孩子一起看看手邊的東西（玩具、物品、食物）、或日常環境中的服務（如開車、準備餐點、在商店裡賣東西），有哪些是自己做不出來或做不到的？他們覺得這些東西需要誰（哪些職業的人）才可以做出來？

例如：
【服務】準備餐點需要「廚師」：要先學會煮出客人想吃的味道、要買菜、洗菜、切菜、炒菜……等。
【產品】電風扇。商品設計師（外觀設計）、工程師（功能裝置）、工廠作業員（量產化）……等。
（牽涉到供應鏈的概念，適合年紀大一點的孩子）

❷ 問問孩子有什麼事情是他們可以讓身邊環境變更好的？變好後的結果是什麼？

例如：
打掃，可以讓家裡變得更乾淨；摺自己和家人的衣服並收好，要挑衣服時就很好找……等。

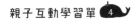

❸ 和孩子聊聊爸爸媽媽或主要照顧者的工作是什麼？這些工作幫助到哪些人？

例如：
老師，幫助學生學習知識；家庭主婦／夫，照顧我、幫我準備食物、唸故事給我聽、教我照顧自己……等。

❹ 邀請孩子畫出爸爸媽媽工作時的樣子

❺ 和孩子聊聊他們覺得最想做的工作是什麼？為什麼？

例如：
警察，因為他們幫忙保護大家的安全。

❻ 邀請孩子畫出他們最想做的工作。

親子動手一起畫

順著數字連連看，看看連成什麼，再幫它著上漂亮的顏色吧！

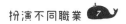

「鯨魚工作證」貼紙使用說明

　　可用隨書附的大鯨魚工作證貼紙，搭配書中呈現職業種類的幾張圖（P22-23、P24-25、P26-27），和小朋友一起玩角色扮演遊戲。每款貼紙各兩張，亦可說明四種職業的內容與特色，參考如下。

❶ **烘焙師**：用烤箱與其他器具來製成麵包、餅乾、蛋糕等的專門人員，工作地點常稱為烘焙坊。

❷ **電腦工程師**：電腦可以一次處理很多資料，但需要人告訴電腦要怎麼做決定，電腦講的話叫「程式」。工程師會用程式和電腦溝通，確保電腦做正確的事。

❸ **會計人員**：每家公司、店都有收錢也有花錢，會計師的工作就是計算與分析一家公司收多少錢、花多少錢、中間賺多少錢（利潤）等的工作。

❹ **照顧服務員**：生病、年紀大、受傷、或天生身體比較不方便的人，生活上都需要照顧；照顧服務員知道怎麼可以好好照顧這些人，讓他們身體雖然不方便，還是可以生活。

來大鯨魚的
肚子裡玩吧！

— Ellie and the Whale —

一本讓孩子了解分工合作、勇於面對難題的書！